詩集　いつまでも

苗田英彦
NAEDA Hidehiko

—苗田英彦作品集3—

文芸社

目次

いつまでも（完成版）

君とともに

君と初めて出会ったあの日が
昨日のことのように
よみがえってくる

上品そうな顔立ち
人妻ふうの容姿
可憐に　たばこを吸う仕草
時折見せる　はにかみ顔さえ
僕の眼《まなこ》に　焼き付いていた

君と離れて生活してみて
かけがえのない人だと
心の底から認識できたよ

一緒に「生活し始めた」頃には
互いの短所も　わかりかけ
時の経過とともに
呼吸《いき》もぴたりと
合うようになった

大げんかをしたことも
あったけれども
仲直りすることもできたよね

一生　君とともに
歩んでいきたい
こんな僕の願いは
必ず君の元へ　届くだろう

安らぎのひととき

週に二回の君との面会
食事して　軽くお茶して
君の愛車でドライブする

「あなたがいないと
食事も　喉を通らないわ」
「ねえ　君　今日はバイキングでもして
おなかいっぱい食べようよ」

こんな生活をしていると
君との時間が
とても待ち遠しい
君の服装　君の話

君の微笑み　君の冗談
会うたびに　心が安らぐ

君と会えるというだけで
気分が高鳴って
充実した一日を送れるのさ

君よ　本当に
心からありがとう

絆

なぜ君と出会えたのか
最初は理解できないでいた

一緒に生活をし始め
互いの境遇を語り合ってみて
僕は　確信することができた
神様の思し召しかなあ
赤い糸で結ばれていたようだ

けんかをして
暴言を吐いたことがあった時も
君への思いが強すぎて
僕を怒らせたのだ

君との関係は　永遠に続くような
深い絆で　結ばれている

雨の中で

雨がそぼ降る中
僕は　そっと傘をかざした
君が　恥ずかしそうに
黙って入ってきた
出会った頃の
初々しさがそこにはあった

僕は　誓ったよ
もうどこへも行かないと
一生一緒だよ
どちらかが
天に召されて旅立つまでは

方便

別れたいと確かに　僕は言った
でも　本心ではないのだ
一度離れて生活してみて
別々の楽しい人生の思い出を
創ってみたかった

そして老後に二人
再会することができたなら
保養地でも買って
ゆっくりと各々《おのおの》の人生を
語り合いたいと空想してみた

でも　君ははっきりと

別れたくないと言ってくれた
君と離れて生活してみて
確かに僕にも解ったことがあったよ

君なしの人生なんて
薬味のない蕎麦のようだと

デュエット

君と僕との共通の楽しみ
カラオケのデュエット

十八番《おはこ》の曲を
君がリードして
僕はフォローする

二人の人生そのものだね
ミスマッチな　キャラクターが
とっても　良い味を出しているよ

タイミング

君の声を聞きたいと　思った瞬間に
詰め所の方から　呼ばれた
「奥さんより
電話してほしいとのことですよ」

僕は　公衆電話で君に電話した
「あなた　会いたいの」
「いつ　会える?」
その二言だけだった
「今度の週末に会おう」

君のタイミングの良さに
僕は感激した

再会

ようやく君に会えたね
「しばらくぶり　元気でよかった」
「ありがとう　来てくれて」

しばしの時の経過の後に
再び共通の時間を
持つことができた
「私　会えないかと思っていた」
「いや　必ず会いたいと願っていたのだ」

憩いとくつろぎ溢れる
時間を持てたことを
心から感謝しよう

ささやき

『もう　あなたなんて嫌い
出て行くわ』
『でも　もう一度考え直して
私を一人にしないで
あなたに尽くすわ』

ささやかなことで
口論してしまったけれども
君のささやきが　聞こえるようだ

ありがとう　ごめんなあ
本当の君を理解できなくて
もう迷いはしないさ

いつまでも

何か言おうとしたけど
口に出せないでいる

『ありがとう』とも違う
『愛しているよ』は照れくさい
『ずっと離さないよ』というのは
心の底から出た言葉じゃない

ただ一言伝えたかった
『いつまでも』
『いつ　いつまでも　いつまでも』と

見知らぬ世界

ふと気がつくと
僕は夢の世界にいた

見覚えのない人達
聞き慣れない言葉
見慣れない風景

でも　心の中には　君は存在する
まぶたの奥にも　君の姿が映る
遠くで聞こえる　君のささやき
僕には安心できる　居場所があった

永い眠りの向こうにある世界にも

君だけは存在し続けてくれて
僕を見守り続けてほしい

至福の時間

君がそばにいてくれる
それだけで至福の時間が訪れる

ゆったりと時が流れ
どこかの花園に
身をゆだねているような
錯覚さえ覚える

君に語りかける言葉は少ない
でも　傍《かたわ》らに寄り添ってくれている
こんな最高の時間はないよ

闇

「ねえ　どうしたの」
僕の変化を見て不安げに問いかける
君の些細な質問に
何一つ答えられそうにない
頼りなさそうに見つめる視線を
まともに受け止めることができない

心の底に闇のような存在が
宿り始めている
話しかけようとして
また　黙ってしまう

君の微笑みだけが

僕を救ってくれる術《すべ》かもしれない
かすんだ心を　君の励ましと
思慕の情で　慰め合いながら
挫けずに　生きていきたい

回想

「おはよう」
「あら　早いのね」
一緒に暮らしていた時は
一言二言の挨拶を
交わしていたにすぎないが
何気ない日常なのに
活気が溢れていた

時折　散歩に出かけ
四季の変化に　心を躍らせていた
夕食後のひととき
二人でお茶を飲み
将来を語り合った

単調な繰り返しでも　君との生活は
充実感を与えてくれ
幸せな時間が流れていたようだ

遊び心

「遊びに行こうよ」

「今度は　どこが良い？」

「いつものドライブはだめかな？」

『またか』と言いかけながら
言葉をしまって
遊び心に付き合う僕がいる

君の望む僕でいよう
遊び心の中でこそ
二人の生活はあり続けるのさ
これからのかじ取りは
君に任せていこうと思った

励ましの言葉

「元気だった?」

「あなた　大丈夫?」

「何でも良いから　話しかけて」

「どこか出かけようよ」

全ての君の言葉が
僕への贈り物
その励ましが
僕が生きていく上での
原動力となっている

奇麗なままで

僕達の未来には
様々な試練が
待ち受けているかもしれない

十年後　二十年後　三十年後
君と僕は　生きているだろうか

できることなら
素敵な老夫婦になれるよう
奇麗なままで
夢を持ち続けていきたい

愛の詩　（純）

さなえちゃんは　いつも優しく
あれこれ　気遣ってくれる
家事もこなし……

明日からは　頑張ってみるね
少しだけれども……

ごめんよ

いつも一緒にいるのに
君のことを
少しも理解していなかった

君の心の底にある
僕への不信感
これっぽっちも　分かろうとしなかった

ごめんなあ
僕の心は　君から離れていないさ
君を理解しようと
努力することを誓うよ

君の残像

夢で見た　君の家出
気がつくと　置き手紙一通

『色々とありがとう
でも　やっぱりあなたには
ついていけそうもないわ』

君への思慕
君への未練
君への後悔
全てが空回りしていた

君の残像を胸に

新たなる誓いを立ててみて
ようやく目が覚め
ベッドに寝ていたことに気づいた

正夢かと思って
朝食後に電話して
元気なのを知って
心の底から安堵した

感謝

こうして安定した生活ができるのも
君の愛情の深さゆえだ

ささやかな愛を君に送ると
その何十倍にも　愛は返ってくる

でも　僕ができることは
感謝の言葉を　残すことだけなのだ
『ありがとう』と

誓い

『一生添い遂げたい』
何か　言葉だけが空回りするようだ
『幸せにするぞ』
口約束になりはしないだろうか
『心から愛しているよ』
照れくさいし　とても言い出せそうもない

そうだ　こう思えば良いのだ
『君とともに　仲良く老いていきたい』

その言葉を　詩にして君に残そう

半人前

君がそばにいないと
僕は何もできない
君と僕と二人で
一つのことを成し遂げてきた

君と僕とで　初めて一人前だ

ありがとう　そばにいてくれて
そのことだけですべて良いのだ

本音

いつまでも
君を見続けていたい

でも　僕もいつかは
終わりになる時が来る
君にも終わりは来るよね
その頃に　僕はいるのだろうか

いずれにせよ　そっと傍《かたわ》らから
君を見守っていたい
たとえ　君の影法師であったとしても

迷い

珍しく　君に暴言を吐いた
どうしようもないような
わずかな溝が生じた
君との距離を明らかに感じる

そんな時　君の方から
折れてきてくれた
ごめんな　ありがとう
謝ってくれて

今しばらく気持ちの整理がつくまで
待っておいておくれ

とまどい

何気ない君の仕草に
僕のこと　大切に思う気遣いを感じる
君の愛情の深さに見合うほど
努力をしてきただろうか

僕は　迷っている
このまま　ずっと君のそばに
居続けられるものかどうか
果たして　君にふさわしい自分で
あり続けられるものかと

それとも　遠くで　ひっそりと
君を見守り続けるのが　良いのかどうかを

次の世でも

もし　次の世があるとしても
僕は　君と再び添い遂げたい

君こそ唯一の　パートナーだ
若い頃から年老いるまで
君とともに歩んでいきたい

もっと　もっと
君のことを　理解するようにするよ

愛しき君へ

八十歳　九十歳になるまで
言葉を残していきたかった
でも　もうそんなに若くないのさ
このような中途半端な言葉で
終わることを許してほしい

僕の心の中では
君への言葉は永遠に続く
いつ　いつまでも
いつ　いつまでも

振り返ると

様々なことが　走馬灯のように走る
「ねえ　こんなみすぼらしい服じゃいや
服買ってちょうだい」
君の初めてのおねだり
とても可愛く思えたよ

二人だけの旅行
初めて行ったのがユニバーサル

二〇〇二年の正月に
ペアリングを買ったね

結婚式のなかった僕達にしてくれた
仲間内だけのお披露目パーティー

数限りない思い出があるけれど
君との距離感を　この頃つくづく思うのだ
だから　初心に戻ろうと努力はする
至らないところは　許してほしい

「いつまでも」は終わりにするけれど
これからも　ますます
言葉の贈り物は続けようと思う
今日まで　ありがとう

君のことを　想って記した
入院中の　交換日記

二〇〇八・五

愛する人に（純）

いつも　詩をありがとう

あなたが沈んでいると
私まで　暗くなる
あなたが生きているというだけで
私は幸せです

二人仲良く
他人の迷惑にならぬよう
ひっそりと　生きましょう

ひっそり　ひっそり

伸び伸び
生きていきましょうね

あこがれ

自由

平和でありたい
自由を求めて
権利を主張する

そんな機会を
自由の女神が全うする

本物の自由の女神は
まだ見たことはないが
お台場にあるレプリカは
スナップに撮ったことがある

その体験を生かして

正義をかかげて
悪を飲み込み
この国の夢を大いに語ろう

存在のわけ

ふと考えることがある
なぜ自分は存在しているのかと

自分は他人とは異なり
何かの使命を帯びて
この世に生を受けたのではないか

愛情　友情　人類愛等
その全てが私の存在意義なのだ

この世の全てのものが
私の存在意義を
反映しているのであろう

時を超えて

東経百三十五度の子午線上に
この国の標準時が存在する
その深夜の零時に
私は目覚めてパソコンに向かう

この時刻に
活動している人々もあろう

キーボードに指を置いて
しばしの空想に
想いを馳せてみよう

君は別室のベッドにて

深い眠りについている
喉から絞りだすように
言葉を選んで世界中に
情報を発信してみたい

言葉を待ちわびている
君のためにも

挨拶の言葉

人の胸を打つ
優しく　自信に満ちた言葉
愛を語り　生きがいを説く言葉

私の詩には　少ししかないが
もっと言葉を増やしていきたい

おはよう　こんにちは
こんばんは　おやすみなさい

これだけでも　受け止める人は
大いにコミュニケーションが
図られることになろう

血

ほとばしる血潮
みなぎる闘志に
熱き心と精神力

スポーツ　特に格闘技には
血しぶきは付き物である

流れ出る血に
動物的な本能を
むき出しにして
闘争本能を燃やし続けている

私には不向きかもしれない

だが「ペンは剣よりも強し」とも言う
私も原稿用紙に向かい
精一杯に闘ってみよう

五月の雨

春から夏へと
季節は巡っている
新緑の頃　樹々は成長を始め
緑色はくっきり鮮やかさを
増していっている

あちこちのチューリップや
サツキツツジが緑色に
花を添えて私の心を
程よくなじませてくれる

時折　菜種梅雨が影を落として
日々の暮らしを　淘汰してくれている

本格的に梅雨が始まる前に
今の自然に溶け込んで
近場の行楽でもして
英気を養っていきたい

美しい人よ

桜舞う四月の頃に
あの人と巡り会う
二歳上の職場の先輩
長い黒髪をシュシュでまとめ
リクルート仕様の
社員服に首からかけた
社員証とハイヒール
流暢にオリエンテーション

若者ばかりの社員食堂
話題の中心秘書課のあなた
少し遅れてあなたのグループ
食べる姿に気品あり

あいさつ程度の声掛けが
馴染みの郷里のお国言葉
急に身近に感じだし
出身地方を尋ねてみた

もうじき職場の新歓コンパ
あなたの出席名簿あり
話題の少なさ気にはなり
体育会系のノリで勝負

若者頭の総務課の同期生
少し無理言いあなたの情報
席割りに工夫を頼み
運を天にと任せよう

鏡のような

鏡は魔法の道具箱のようだ
姿ばかりではなく
心の内をも映し出してくれる

鏡は正直だ
疲れた時には　疲れたように
悩んでいる時には　そのように
私の表情を映し出してくれる

でも私にとっては
君の存在そのものが
鏡のようなものかもしれない

前を向こう

年とともに　どうしようもないくらい
心身ともに衰えていく

引っ込み思案で
慎重すぎる私
消極的に生きる人生
何かを変えなければと
焦るばかりなのだ

妻を　友を　仲間を
大切にして生きて
いかなければならないとも思った

仮装

ようやくその日がやってきた
思い思いの衣装に身をやつし
自らを主張する

心に化粧も忘れずに
キャラクターに徹して
この日だけはと
仮面舞踏会に出席する

私の街では
そこまでは厳しいが
せめて　かぼちゃの
ケーキでも食べて

この日の意味を
噛みしめてみよう

アニマル

あなたはしなやかに
荒野を駆け抜けている動物のようだ

たてがみをなびかせ
颯爽《さっそう》と走り抜けていく

私には目もくれずに
泉のあるオアシスに向けて
進路を取る

自然を愛し
生き物を大切にして
偉大なる創造主のように

人類に愛を説いて
あちこちを旅しているようだ

あこがれ

いつものように出会うあなた
二十年前には
心なしか憧れていた

詩の創作の
ノウハウを教えていただいた

言葉の選び方
ワープロの使い方
タイトルの大切さ

全て丁寧に指導を受けた

私が　今日現在も
創作詩を続けられるのも
あなたとの巡り会いの
おかげなのでしょう

白い世界（復刻版）

秋の浜辺

賑やかな夏が終わり
静寂とした浜辺
沢山の人の往来も終わってしまった

寂しげな海辺には漁船群
ジュースの空き缶がころがっている
所在なげに佇む私に
打ち揚げられたわかめから
潮の香りが漂ってくる

もう一度真夏に来たい気持ちを
閉めてしまった海の家が誘う
白い砂を集めて

砂山を作ってみた
靴下を脱いで踏んでみる
秋の浜辺には
昼なぎの風がそよいでいる

初めての恋

昨日までは何ともなかったのに
今朝は妙にむずむずとした気持ち
昨日出会ったあの人に
今日も電車で会えるだろうか

今この時までじっと閉じこもって
私は貝のごとく口を閉ざしてしまった
彼女の前で何か語ろうとして
何も言えずに沈黙の時間が流れていく

シンデレラを見つけたい気持ちになって
王子様の気分に浸っていた
何か　きっかけの言葉を探そう

「すみません　教えてください
K市に行くにはどこの駅で乗り換えれば
良いのでしょうか」
胸がときめいて独り言のように
呟きをしてしまっていた

聖夜

クリスマスイルミネーションが
街のあちこちを飾り付けている
百貨店では煌びやかなツリーが
ショールームに据え付けられていた

街行く人が振り返る
カウントダウンの電光掲示板

教会ではミサの練習に余念がなく
サンタクロースの出《い》で立ちで
パンフレットを配りゆく

クリスマスイブの夜は

ケーキを買って
ホームパーティーを行う家も多いと聞く
私はできれば教会ミサを
聴きにいきたいと思った

焚き火

めらめらと炎が舞い上がる
パチパチと薪が弾けていく

朝の暖を作業服の人たちが取っている
たばこの煙と焚き火の煙が
混ざりあって芳《かぐわ》しい

炎《ほのお》の中で焼きいもが
じっくりと焼けていく

ストーブともエアコンとも違って
自然のあたたかさが
私の冷えた心を慰めてくれた

十二月

朝が冷え込んで
ついつい寝過ごしてしまう季節
師走の一日は活気に溢れている

街のデパートには
何かを語りかけるようなマネキンが
素敵な衣装をまとっている
メインストリートにそびえ立つ
巨大なクリスマスツリー

行き交う人も早足で
なんだか気ぜわしく感じる
喫茶店では今年に流行した歌が

何度も流れていた
私も皆もカウントダウンを
待ちわびている
誰もがワクワクする月
それが十二月なのかもしれない

きみ

ねえきみ
きいてくれるかい
ぼくのなやみを
うれしいとき
かなしいとき
なみだをうかべて
はなしをするとき
きみはやさしく
あいづちを
うってくれるかい
ぼくはうれしい
きみのせいいが
ねえきみ

きょうのゆうげの
おかずはなあに

初詣

年が明けてうららかな日々
新しい気分で初詣に
出かけてみる

今年こそはと
一願成就
賽銭箱に五十円玉を
投げ入れてみる

小さめの音で
柏手を打ち
願い事を心で唱える

おみくじを引いたところ
末吉が出た
今年こそは
有意義な一年にしたい
身が引き締まる思いがした

孤独

冬の海辺にやってきた
浜辺にはうちあげられたわかめ
空き缶やたどり着いた貝殻

人生に悩んだ時も
ほのかに人を愛した時も
浜辺に来たことがある

今は気分も落ち着いて
悩みもなく毎日を送っている
でも　浜辺に来ると
一人の人生に
言いしれようもない孤独感を

感じてしまう

いつかは私も良きパートナーに
巡り会い人生行路を
順風満帆に
過ごしていける日々が来るだろう

廃墟の街

電車を乗り継ぎ乗り継ぎして
廃墟の街に入った

電柱が倒れ
建物は倒壊し
全てが瓦礫の山と化していた

多くの人は
重い荷物を背負い
呆然として歩いている

ライフラインは途絶え
街の機能は死んでいた

そこには庶民の生活もなく
ただただ　救援物資を待ちわびている

けれども明るい兆しを
かいま見ることもある
小学生が再開された学校へと
集団登校していた
この街の前途は多難だが
人の温もりは生きている
徐々に復興へと街は再生していき

やがては以前にもまして
都会的な街となり
地震にも強い都市に成っていくだろう

春の訪れ

弥生三月草原に立つ
日々暖かくなるこの頃
山茶花《さざんか》の花が咲き乱れている

サツキの新芽も
ところどころ見え隠れする

お日様も雲の切れ間から
朝日を差し込んで
気分的にも暖気を運んでいる

草原には子供たちが集い
鬼ごっこやおしくらまんじゅうをして

楽しそうに遊んでいる
子供たちの息遣いも荒く
春の日の暖かささえ
感じられるようだ

でんわ

ねえきみ
いまなにしてる
なにも＊＊＊＊

あしたなにしよう
べつに＊＊＊＊
きょうはどんなひ
ふつう
あいたいよ
わたしも＊＊＊＊＊

あしたあえる

うん
どこへいこう
いつものところ
なんじにまちあわせ
いつものじかんに

ねえきみ
きみのことがすきさ
わたしもあなたがすき

いつでもあえるよね
ええ

じゃあおやすみなさい

はいおやすみ

迷い

何から手を付けたらいいのか
迷い始めた私

仕事　趣味　生きがい　ボランティア
こんなに早く人生から
ドロップアウトするとは……

取り敢えず　生活するための
貯えとゆとりはある
一人っ子ゆえ親兄弟もいない
旧友と会うことも好きだ
長らく音信不通にしていた

入院中にできた仲間やスタッフへ
自主製作詩集をまとめて
挨拶として贈ることにしよう

近況報告・入籍報告を交えて
手紙にして贈りたい

百四十字の言葉

めばえ

春の息吹が芽生えている
樹々に新芽が育ち
花弁が花開き始める
季節を告げる早咲きの桜
見事　満開の時期だ
涼風が肌に優しく
軽めの服装で近隣を散策する
心優しい春の到来に
心身ともに清々しく想う

情念

貴女からの言葉
気品に溢れ
心の底まで響くようだ
男女の間で友達付き合い
日常的な話題の問いかけ
趣味や嗜好　スポーツ観戦
電話もできない私だけれども
会うことのない関係に
心の炎を燃やし続ける

うららか

もうじき四月
菜種梅雨も終わりを遂げ
本格的なお花見の頃になる
君の鼻詰まりも治まり
満開の桜を謳歌しよう
昨年は駅裏近くの公園で
ベンチに腰掛けお花見弁当
今年は団地の園路の通り抜け
長く険しい年月だったが
君と一緒で　とても嬉しい
ありがとう　いつまでも

人生

大学を卒業して　早五十年
天が与えた　数々の試練
同窓生の中には
随分出世した者もいる
灰色がかった私の人生
応援してくれる者もいる
同窓会にも出てこいよと
私にとっての家族は妻一人だが
旧友たちにも　支えられて
安心して生きていられるのだ

雨の日の桜

風がなびき
冷たい雨が降っている
桜の見頃も　もう終わりに
葉桜から　舞い落ちる無数の花弁
こんな日は外出を控えて
ベランダ越しに
灰色と化した空を眺める
地面には　無数の花びらが散らばり
寂しささえ感じられた

深夜のまどろみ

もう午前零時
何もない方なら
眠っているに違いない
私はというと
稚拙な言の葉を綴っている
何のためになるのだろう
この作品が　日の目を見ることは
現実的には　ほとんどないだろう
だが　世間の人に
訴えかける言葉が
社会への恩返しの
つもりであると思いたい

望洋《ぼうよう》

遥かなる海　望む海峡
入り江の湾に　連絡艇
潮風吹いて　磯の香りが
浜辺の白砂《はくさ》に　漂うばかり
独りの時代に　いつかは求めん
素敵な伴侶を
空を舞い飛ぶ　海鳥のような
さすらう人生　終わりが来るさ
私は仲間の　扇の要《かなめ》
行き交う方の　道標《みちしるべ》に
君と巡る　大和の四季に
残りの人生を

苦悩

言葉が独り歩きしている
言いたいこと
伝えなければと想う
脈絡のない
起承転結　美辞麗句
形骸化したポエム
言葉の投げかけだけでは
無に帰属する
話題に流れて　創作しても
所詮　自己満足にすぎない
新たなる心の唄を
模索していきたい

朝風呂

爽やかな休日
久しぶりの朝風呂
今日は真新しい下着を
用意しておこう
給湯温度を　1℃下げて
のんびりと　浴槽につかりたい
専用のトニックシャンプー
クールミントなシェービングフォーム
週に三度の入浴は
身体の弱い私にとっては
心身のリフレッシュの日でもある

支え愛

君と僕は
心に傷を持つ同志
君が沈んでいると
僕の心も冷えてくる
僕が必要以上に　高揚している時
君は心配して
頓服薬を持ってきてくれる
子供もいないし
家族の話題も少ないけれども
四季折々の話題や
最近覚えたスポーツの話で
盛り上げてくれている
ありがとう　感謝しているよ

水の泡

君と私とはネット友達
出会いの頃は五年前
互いの境遇理解して
各々自分を切磋琢磨
夢を語り　四季に酔い
詳しいアドレス交換に
毎日のように君のメッセージ
時間に追われる私には不満
やがて二人は　疎遠になり
いつか届いた招待状
心苦しくも　欠席報告
人生って摩訶不思議

創作

君と僕の織り成す人生
二人で造った創作詩画集
君の絵に　僕の雑詩
どちらも決して上手《うま》くはないが
オリジナル性に溢れているよ
君が僕の詩にメロディ付けて
いきなり鼻歌唄いだすなんて
音楽音痴の二人だから
今度はボイスレコーダーに
残しておこうな

あとがき

この本は、詩集『いつまでも』として、初めての自主製作文集『白い世界（復刻版）』や初めての連作詩集『いつまでも（完成版）』の出版化とあわせて「あこがれ」や「百四十字の言葉」の発表を目的としたものです。

製作にあたっては、文芸社さんの編集活動やふみ込んだ編集者校正をふまえて、現在の時代背景にあうよう推敲《すいこう》を重ねた作品集です。

この作業を丁寧かつ迅速にしていただいた文芸社のスタッフの皆様に、心より感謝御礼申し上げます。

令和六年六月　苗田英彦

著者プロフィール

苗田 英彦（なえだ ひでひこ）

昭和30年1月26日 兵庫県伊丹市生まれ。兵庫県在住。
昭和45年4月 兵庫県立伊丹高等学校入学。
昭和48年4月 神戸大学工学部土木工学科入学。
昭和53年3月 同卒業。
昭和53年4月 兵庫県加古郡播磨町役場就職。
昭和63年3月 同退職（主に都市計画行政を担当）。

28歳の時　軽い不安神経症に悩む
平成5年9月 母死去（天涯孤独となる）
平成6年5月 統合失調症により入院
平成6年から詩の創作を始める
平成6年11月 2級の障害基礎年金、及び共済障害年金受給決定
以降入退院を繰り返す
趣味　夫婦旅行

平成18年1月 自主制作詩集「白い世界」（非売品）
平成19年1月 自主制作詩画集「今を生きる」（非売品）共著／高見雄司
令和元年9月 処女詩集「生を受けて」風詠社
令和4年6月 詩集「君にしてあげられること」風詠社
令和4年9月 「灰色の世界の頃　―苗田英彦作品集―」文芸社
令和5年9月 詩集「あけぼの」風詠社
令和5年10月　日本詩人クラブ会員に登録
令和6年4月 「夢のように　―苗田英彦作品集2―」文芸社

ブログ 「生を受けて（苗田英彦のブログ）」

詩集　いつまでも　―苗田英彦作品集３―

2024年９月15日　初版第１刷発行

著　者　苗田 英彦
発行者　瓜谷 綱延
発行所　株式会社文芸社
〒160-0022　東京都新宿区新宿１－10－１
電話　03-5369-3060（代表）
03-5369-2299（販売）

印刷所　TOPPANクロレ株式会社

ISBN978-4-286-25753-2